Bernard Bolzano

Versuch einer objectiven Begründung der Lehre von den drei Dimensionen des Raumes

Antigonos

Bernard Bolzano

Versuch einer objectiven Begründung der Lehre von den drei Dimensionen des Raumes

Unveränderter Nachdruck der Originalausgabe von 1843.

1. Auflage 2024 | ISBN: 978-3-38653-222-8

Antigonos Verlag ist ein Imprint der Outlook Verlagsgesellschaft mbH.

Verlag: Outlook Verlag GmbH, Zeilweg 44, 60439 Frankfurt, Deutschland
Vertretungsberechtigt: E. Roepke, Zeilweg 44, 60439 Frankfurt, Deutschland
Druck: Libri Plureos GmbH, Friedensallee 273, 22763 Hamburg, Deutschland

Versuch

objectiven Begründung der Lehre

von den

drei Dimensionen des Raumes.

Von

Dr. Bernard Bolzano.

———

Aus den Abhandlungen der k. böhm. Gesellschaft der Wissenschaften (V. Folge, Band 3).

Prag, 1843.

In Commission bei Kronberger & Řiwnač.

Druck und Papier von Gottlieb Haase Söhne.

Vorwort.

Nicht gross ist in unseren Tagen die Zahl der Philosophen, deren mathematisches Wissen viel über den Satz, dass A gleich A ist, hinausreicht. Noch kleiner ist jedoch die Zahl der Mathematiker, die zuzugestehen bereit sind, dass ihre eigene Wissenschaft durch Hilfe der Philosophie zu einer höheren Stufe der Vollkommenheit erhoben werden könnte; die — um diess näher zu bestimmen — zugeben, dass es ein Gewinn für ihre Wissenschaft wäre, wenn es uns gelänge, so viele hier vorkommende Begriffe, die man als ohnehin Jedem bekannt, ohne alle Erklärung lässt, in ihre wahren Bestandtheile zu zerlegen, und eine Menge von Sätzen, die man entweder gar nicht, oder ohne alle Beweise als für sich selbst einleuchtend aufstellt, aus ihren objectiven Gründen, d. h. aus gewissen reinen Begriffswahrheiten, welche viel allgemeiner sind als sie, zu folgern. Der ausgezeichneten Männer, die sich durch die Erweiterung des Gebietes dieser Wissenschaft oder durch ihre Anwendung auf die verschiedenartigsten Objecte des menschlichen Wissens allgemein zugestandene Verdienste sammeln, gibt es in unserer Zeit gewiss sehr viele: wie äusserst wenige dagegen, die an der festeren Begründung des mathematischen Systemes arbeiten! Eine Arbeit, die freilich nicht dazu nothwendig ist, um den Lehren der Mathematik erst Sicherheit zu verschaffen, die aber, wird sie anders mit einem nicht ganz unglücklichen Erfolge unternommen, die wesentlichsten, wenn gleich nicht eben zunächst materiellen Vortheile gewährt. Doch wie immer diess sei, nur der sehr kleine Kreis von Philosophen und Mathematikern, wie ich so eben sie näher bezeichnet habe, ist es, von denen ich, wie meine früheren in das Gebiet der Mathematik einschlagenden Abhandlungen, so auch die gegenwärtige beurtheilt zu sehen wünsche. Diese besteht in einem Versuche, den ich bereits im Jahre 1815 entworfen, der sonach das Horazische: *Nonum prematur in annum,* schon mehr als dreimal erfüllt hat, und in diesem Zeitraume von mir vielfältig überprüft, aber nur drei oder vier Personen mitgetheilt worden ist; unter welchen sich auch derselbe Ritter von Slivitz befindet, dessen in meinen mathematischen Arbeiten mir geleistete Hilfe ich schon in der Abhandlung »Über die Zusammensetzung der Kräfte« S. 33 angerühmt. Indem ich nun diesen Versuch endlich veröffentliche, erübrigt mir nichts Anderes als die Bitte, die ohnehin sehr geringe Anzahl von Gelehrten, die Sinn für solche Untersuchungen haben, wolle den kleinen Aufsatz einer um so sorgfältigeren Beachtung würdigen, und ihr Urtheil über ihn um so gewisser mich erfahren lassen, als der hier eingeschlagene Weg ein ganz verschiedener ist von denjenigen, die bisher Andere, namentlich Kant, Schelling, Fries, Herbart, Hegel, Weisse, Rosenkranz, Trendelenburg betraten; und als sich die hier angewendeten Begriffe und Grundsätze gebrauchen lassen, um nicht nur den auf dem Titel angegebenen Satz von den drei Dimensionen, sondern auch alle übrigen Beschaffenheiten des Raumes auf eine Weise herzuleiten, die mir, wenn irgend eine, den Namen einer objectiven Begründung (im Sinne der Wissenschaftslehre Bd. IV. §. 525) zu verdienen scheint.

§. 1.

Dass die Begriffe der Zeit und des Raumes in einem innigen Zusammenhange stehen, hat man von jeher erkannt; daher die Philosophen auch beide Begriffe fast immer mit einander zusammengestellt, und in einer gewissen Verbindung abgehandelt haben. Nur darüber war man nicht einig, ob es geziemender sei, den Begriff der Zeit vor dem des Raumes, oder umgekehrt jenen des Raumes vor dem der Zeit in Untersuchung zu nehmen. Mir nun däucht, dass der Begriff der Zeit einfacher sei als der des Raumes, so zwar, dass dieser jenen in der That schon als einen Bestandtheil enthalte; und dass wir somit die Eigenschaften des Raumes, wenn wir sie ableiten wollen aus ihrem objectiven Grunde, aus jenen der Zeit herleiten müssen; woraus sich denn von selbst ergeben würde, dass man die Lehre von der Zeit bei einer streng wissenschaftlichen Abhandlung jener vom Raume voraus-zuschicken habe.

Was aber fast ohne Widerspruch von Jedem mir dürfte zugegeben werden, ist, dass die aus beiden Begriffen der Zeit und des Raumes auf eine gleiche Weise zusammen-gesetzten Begriffe des Zeitlichen und des Räumlichen (d. i. des in der Zeit und des im Raume sich Befindenden) in dem Verhältnisse eines höheren und eines ihm unter-geordneten Begriffes stehen; oder dass alles Räumliche schon eben darum auch etwas Zeitliches, nicht aber umgekehrt, ein jedes Zeitliche auch etwas Räumliches sei. Denn was einen Ort, und wäre es auch nur den eines Punctes, erfüllt, das muss ihn auch erfüllen zu einer gewissen Zeit, also ein Ding in der Zeit sein. Dagegen gibt es unstreitig Dinge, die in der Zeit und doch in keinem Raume sind, z. B. Gedanken, die in dem Ge-müthe eines denkenden Wesens zu bestimmter Zeit entstehen und auch wieder aufhören. Wollte man auch einwerfen, dass dergleichen Gedanken immer nur vorhanden sein können in dem Gemüthe eines denkenden Wesens, einer Substanz, die wir trotz ihrer Einfachheit in einen Ort, nämlich nur in den einfachen eines einzigen Punctes versetzen: so wird doch kein Vernünftiger behaupten, dass Gedanken den Raum in einer solchen Weise erfüllen, dass, wo der Eine sich befindet, nicht gleichzeitig noch mancher andere sein könne; was wir jeden-falls bei Substanzen, welche den Raum erfüllen, nicht zugestehen. — Ist aber der Begriff des Zeitlichen unstreitig weiter als jener des Räumlichen: so folgt schon daraus allein, dass es gerathener sei, die Lehre von der Zeit jener vom Raume vortreten zu lassen. Wundre man sich also nicht, wenn ich auch hier für nöthig erachte, erst eine Erklärung von dem Begriffe der Zeit und die Angabe einiger ihrer Beschaffenheiten vorauszuschicken, ehe ich den Begriff des Raumes bestimme, und die versprochene Ableitung des Lehrsatzes von den drei Dimensionen des Raumes versuche.

§. 2.

Was ist denn nun die Zeit? Eine berühmte, schon seit Jahrtausenden besprochene Frage! Wir bahnen uns aber den Weg zu ihrer Beantwortung, wenn wir erst Einiges, was die Zeit nicht ist, ausscheiden.

1. Die Zeit ist erstlich offenbar — keine Substanz. Denn sie müsste da entweder eine abhängige oder die eine unabhängige und eben desshalb allvollkommene Substanz der Gottheit selbst sein. Beides widerspricht durchaus dem Begriffe, den wir uns von der Zeit bilden. Die abhängigen oder bedingten Substanzen betrachten wir insgesammt als veränderlich, und setzen darum voraus, dass sie sich alle selbst in der Zeit befinden; wer aber könnte die Zeit (nämlich die Zeit an sich oder im eigentlichen Sinne genommen) für etwas Veränderliches erklären und somit eine andere Zeit, in der sie eben sich verändert, und für diese wieder eine dritte und so ohne Ende fort annehmen? Noch weniger können wir bei reifer Überlegung die Zeit mit der allvollkommenen Substanz der Gottheit verwechseln; schon darum nicht, weil wir genöthigt sind, das allvollkommene Wesen uns als dasjenige zu denken, das alles andere Wirkliche, so es noch ausser ihm gibt, schafft und bewirkt; die Zeit aber denken wir uns als durchaus nichts für sich allein bewirkend, sondern nur als dasjenige, worin alle in einer blossen Veränderung bestehenden Wirkungen vor sich gehen.

2. Die Zeit ist auch keine eigentliche Beschaffenheit der Dinge, die sich in ihr befinden. Denn wir betrachten es doch gewiss nicht als eine von den Beschaffenheiten, die z. B. diese so eben in uns vorhandene Empfindung hat, dass sie so eben in uns vorhanden sei, da wir ja diesen jetzt eben gegenwärtigen Zeitpunct an und für sich (d. h. abgesehen von den Ereignissen, die in ihm Statt finden) als einem jeden andern vollkommen gleich erachten. Zu den Beschaffenheiten einer Empfindung zählen wir z. B., dass sie angenehm oder unangenehm oder gemischt sei u. dgl. Wollten wir aber auch die Zeit, in der sie Statt findet, zu ihren Beschaffenheiten zählen; dann müssten wir ganz gegen allen Sprachgebrauch sagen, unsere Empfindung habe sich geändert, sobald sie aus einer Zeit in eine andere übergegangen, auch wenn sonst alle ihre Beschaffenheiten die nämlichen geblieben wären.

3. Die Zeit ist auch kein blosses Verhältniss. Denn jedes Verhältniss ist nur eine gewisse Beschaffenheit, welche dem Ganzen, zwischen dessen Theilen es besteht, zukommt. So oft wir auch die Zeit ein Verhältniss zu nennen pflegen, geschieht es also doch nur uneigentlicher Weise, und wir wollen damit bloss sagen, dass die Theile der Zeit in verschiedenen Verhältnissen unter einander stehen. So steht z. B. der Zeitpunct, in welchem Alexander der Grosse geboren ward, zu dem Zeitpuncte der Geburt des Julius Cäsar in dem Verhältnisse eines frühern zu einem spätern Zeitpuncte; die Dauer des dreissigjährigen zur Dauer des siebenjährigen Krieges in dem Verhältnisse der Zahlen 30 zu 7; allein nicht dieses letztere Verhältniss 30 : 7 selbst schon ist eine Zeit zu nennen.

4. Die Zeit ist endlich auch keine blosse Vorstellung, weder in der subjectiven noch objectiven Bedeutung des Wortes. Wäre die Zeit eine subjective, d. h. gedachte Vorstellung, ein Gedanke: so hätte sie namentlich bei uns Menschen ein Dasein; sie würde entstehen, nämlich in dem Gemüthe desjenigen, der eine gewisse Zeit

sich eben jetzt denkt, und wieder v e r g e h e n , wenn dieser Gedanke verginge, um einem anderen Platz zu machen; Behauptungen, die kein Vernünftiger zugeben wird, weil nicht die Zeit an sich, sondern nur die Ereignisse in der Zeit entstehen und vergehen. Die Zeit ist aber auch eben so wenig eine bloss o b j e c t i v e Vorstellung, d. h. eine Vorstellung an sich, durch deren Auffassung in das Gemüth eines denkenden Wesens erst eine s u b j e c t i v e Vorstellung entsteht. Denn wie verschieden sind nicht die Beschaffenheiten der Z e i t und der V o r s t e l l u n g e n an s i c h ! So lässt sich z. B. jede Zeitlänge theilen in jede beliebige Anzahl von Theilen, die wieder und zwar ihr durchaus ähnliche Zeitlängen sind: von welcher Vorstellung aber könnte man sagen, dass sie sich theilen lässt in andere ihr durchaus ähnliche Vorstellungen?

5. Um von diesen negativen Bestimmungen nunmehr zu einer positiven zu übergehen, bemerke ich, dass die Z e i t , in der sich ein Ding befindet, obgleich sie nicht zu den B e - s c h a f f e n h e i t e n desselben gehört, doch gewiss eine seiner B e s t i m m u n g e n ist, diess Wort genommen in der Bedeutung, die ich bereits in der W i s s e n s c h a f t s l e h r e , Bd. I. S. 80, besprochen habe. Eine an einem Gegenstande X befindliche B e s t i m m u n g nenne ich nämlich jedes beliebige E t w a s $= A$, wenn dessen Vorstellung den Gegenstand X — gleichviel ob ausschliesslich oder zugleich mit mehren andern — vorstellt. Befindet sich nun ein Gegenstand X in der Zeit t, so ist die Vorstellung »eines in der Zeit t Seienden« — ohne Zweifel eine derjenigen, welche den Gegenstand X vorstellen, also »das Sein in der Z e i t t« eine Bestimmung von X. — Das Verhältniss, in welchem B e s c h a f f e n h e i t e n zu den Bestimmungen stehen, erkläre ich dahin, dass jedes zu einer Beschaffenheit b gehörige C o n c r e t u m , d. h. die Vorstellung: »E t w a s , d a s (die Beschaffenheit) b h a t «, zugleich eine B e s t i m m u n g des Gegenstandes X ist, dem die Beschaffenheit b zukommt; dass aber nicht umgekehrt j e d e B e s t i m m u n g des X auf einer Beschaffenheit desselben beruht. Hier eben haben wir an den Z e i t e n , in welchen die Dinge sich befinden, ein Beispiel von Bestimmungen, die keineswegs Beschaffenheiten sind, wie vorhin gezeigt worden ist.

6. Untersuchen wir endlich genauer, was f ü r e i n e B e s t i m m u n g es sei, welche wir uns an einem Gegenstande denken, wenn wir denselben als befindlich in diesem oder jenem Zeitpuncte denken: so wird uns kaum entgehen, dass die Bestimmungen der Zeit das Eigne haben, dass sie sich nur an Dingen, die etwas W i r k l i c h e s sind, befinden, an diesen aber auch durchaus — mit Ausnahme der einzigen allvollkommenen Substanz der Gottheit — anzutreffen sein müssen. An jedem Wirklichen, wenn es ein Abhängiges ist, haftet die Zeitbestimmung. Es kann uns ferner auch nicht entgehen, dass alle diese bedingten Wirklichen v e r ä n d e r l i c h sind, und dass es eben nur die Z e i t sei, in w e l c h e r sie sich verändern können; dass es endlich nur, wenn wir die Z e i t b e s t i m m u n g mit in die Vorstellung von einem solchen Wirklichen aufnehmen, d. h. wenn wir uns von demselben die Vorstellung: »d i e s s i n d e r Z e i t t b e f i n d l i c h e W i r k l i c h e « bilden, gelte, dass von je zwei einander widersprechenden Beschaffenheiten immer die eine demselben beigelegt, die andere abgesprochen werden müsse. So lässt sich z. B. von einem Baume, wenn wir in die Subjectvorstellung unseres Urtheiles über denselben die Vorstellung einer Zeit (namentlich eines bestimmten Augenblicks) nicht mit aufnehmen wollen, also vielleicht nur schlechtweg »dieser Baum«

sagen, mit Wahrheit weder das Urtheil: er blühe, noch auch das Urtheil: er blühe nicht, fällen; weil weder das Eine, noch das Andere zu allen Zeiten geschehen mag. Fügen wir aber die Zeit oder eigentlich den einfachen Zeitpunct, in welchem sich befindend er in dem Satze gedacht werden soll, hinzu; bilden wir also eine Subjectvorstellung von der Form: »dieser Baum in dem Zeitpuncte t«: dann ist unstreitig einer der beiden Sätze: er blüht, und er blüht nicht, wahr und der andere falsch. Sollte Jemand vermeinen, dass auch schon unter den beiden Sätzen: dieser Baum blüht, oder blüht nicht, ein wahrer sein müsse: so käme das nur, weil er sich die Bedingung: »in der Gegenwart«, also doch Eine Zeitbedingung stillschweigend hinzudenkt.

7. Man überzeugt sich bald, dass die so eben betrachtete Eigenschaft der Zeit ausschliesslich zukomme. Wofern sie also nicht den wirklichen Begriff der Zeit darbietet, so bietet sie wenigstens einen demselben gleichgeltenden Begriff dar. Allein ich glaube nicht zu irren, wenn ich (aus Gründen, deren Auseinandersetzung hier zu weitläufig wäre) behaupte, dass wir, so oft wir uns den Begriff der Zeit, oder genauer zu reden, den eines einfachen Zeittheiles, d. h. eines Zeitpunctes oder Augenblicks denken, in der That gar nichts Anderes denken, als den Begriff eines Etwas, das zu der Vorstellung jedes bedingten Wirklichen, als eine nähere Bestimmung desselben hinzugefügt werden muss, wenn von je zwei einander widersprechenden Beschaffenheiten eine mit Wahrheit ihm beigelegt, die andere abgesprochen werden soll. Der Inbegriff aller Zeitpuncte, die zwischen zwei gegebenen liegen, bildet eine Zeitdauer oder Zeitlänge; der Inbegriff aller Zeitpuncte, die es nur überhaupt gibt, bildet die Eine vollständige Zeit.

§. 3.

Aus diesem Begriffe der Zeit lassen sich alle Beschaffenheiten derselben, deren Angabe und objective Begründung der reinen Zeitlehre obliegt, entwickeln. Hier werde ich nur etliche dieser Beschaffenheiten, die zu dem Lehrsatze von den drei Dimensionen des Raumes führen, hervorheben, ohne mich jedoch in eine objective Begründung derselben einzulassen.

1. Jeder einfache Zeittheil oder Augenblick ist jedem andern ähnlich in der Bedeutung, die in der Wissenschaftslehre (Bd. I. §. 91. Anm. 4.) oder auch in der Abh. über die Zusammensetzung der Kräfte (§. 6.) erklärt ist *), d. h. es ist kein durch

*) Es sei mir erlaubt, über die hohe Wichtigkeit dieses Begriffes einige Worte zu sagen. Nur einer deutlichen Auffassung dessen, was Ähnlichkeit ist, bedarf es, um die schon tausend Jahre lang immer vergeblich gesuchte richtige Theorie der Parallelen, die Lehre von der Ähnlichkeit der Linien, Flächen und Körper, die bekannten Lehrsätze von der Rectification, Complanation und Cubirung, die statischen Lehren von der Zusammensetzung der Kräfte an einem sowohl als an mehren Puncten, und viele andere wichtige Wahrheiten in den verschiedensten Zweigen der Mathematik, welche man ausserdem höchst mühsam oder gar nicht zu erweisen, geschweige denn aus ihrem objectiven Grunde abzuleiten vermöchte, mit vieler Leichtigkeit zu begründen. Ich habe diess hinsichtlich auf die zwei erst genannten Gegenstände in der kleinen

blosse Begriffe erfassbarer Unterschied in ihren inneren Beschaffenheiten zu finden; sondern wir können dergleichen Augenblicke bloss durch ihre Verhältnisse, z. B. dadurch unterscheiden, dass wir den Einen als denjenigen, in welchem diese, den andern als denjenigen, in welchem eine andere mit jener in Widerstreit stehende Erscheinung Statt gefunden hat, bezeichnen.

2. Auch die zwischen zwei Augenblicken Statt findende Entfernung oder Zeitlänge ist jeder anderen zwischen zwei Augenblicken statt findenden ähnlich. Wir können die Zeitlänge einer Minute von der einer Secunde durch keinen bloss auf ihre innere Beachaffenheiten gerichteten Begriff, sondern nur durch Verhältnisse unterscheiden; wenn wir z. B. die eine als die Dauer eines unserer Pulsschläge, die andere als eine sechzigmal längere beschreiben.

3. Auch welcher von zwei Augenblicken der frühere oder spätere sei, lässt sich durch keinen inneren Unterschied zwischen denselben, sofern er durch einen blossen Begriff aufgefasst werden soll, erkennen. So schliesse ich, dass der Augenblick, in welchem ich eine gewisse Empfindung gehabt, ein früherer sei, als der, in welchem ich eine gewisse andere Empfindung gehabt, etwa nur daraus, weil bei der letzteren mir eine Erinnerung an die erstere kam.

4. Wenn Ein Augenblick t, dann die zwischen ihm und einem anderen ϑ statt findende Entfernung, endlich auch noch der Umstand, welcher von diesen beiden Augenblicken der frühere sei, gegeben ist: so lässt sich keines von diesen drei Stücken weder (wie wir so eben gesehen) für sich allein, noch auch aus seinem Verhältnisse zu den beiden andern durch blosse Begriffe bestimmen. Aus der Verbindung dieser drei Stücke aber lässt sich jeglicher andere Augenblick x vermittelst blosser Begriffe (die sein Verhältniss zu jenen drei Stücken betreffen) dergestalt bestimmen, dass es nur einen einzigen gibt, der diesen Begriffen entspricht. Gibt man uns nämlich an (was man durch blosse Begriffe angeben kann), welches Verhältniss die zwischen dem gegebenen Augenblicke t und dem zu bestimmenden x Statt findende Entfernung zu der gegebenen zwischen t und ϑ Statt findenden Entfernung habe; und sagt man uns noch (was sich abermals durch blosse Begriffe ausdrücken lässt), ob der Augenblick x ein späterer oder ein früherer sei als t: so ist durch diese Angaben x völlig bestimmt, d. h. es gibt nur einen einzigen Augenblick, bei welchem die angegebenen Begriffs-Verhältnisse Statt finden.

5. Da nun, was wir von x gesagt, von jedem in der Zeit befindlichen Augenblicke, also auch von der ganzen Zeit überhaupt gilt: so gibt es drei, und nicht mehr als drei

Schrift: Betrachtungen über einige Gegenstände der Elementargeometrie (Prag) schon im J. 1804, hinsichtlich des dritten Gegenstandes in der Schrift: die drei Probleme der Rectification u. s. w. (Leipzig bei Kummer, 1817), hinsichtlich der zuletzterwähnten Lehren theilweise in der schon oben gedachten Abhandlung über die Zusammensetzung der Kräfte (Prag, 1842) nachgewiesen; denn noch jetzt halte ich die in diesen Schriften gewagten Versuche für richtig, und nur in Betreff einiger, an der Hauptsache nichts verändernder Puncte, die in der zweiten Abtheilung der Betrachtungen besprochen werden, denke ich gegenwärtig anders.

Stücke in der Zeit, deren jedes für sich allein sowohl als auch durch sein Verhältniss zu den beiden andern vermittelst blosser Begriffe unbestimmt bleibt, die aber, wenn sie uns (etwa durch die Beziehung auf gewisse Anschauungen, wie in N°. I.) gegeben sind, hinreichen, jeden andern Augenblick in der Zeit, somit die ganze Zeit überhaupt vermittelst blosser Begriffe (solcher nämlich, die ihre Verhältnisse zu jenen drei gegebenen Stücken beschreiben), zu bestimmen.

§. 4.

Aus diesen wenigen, der reinen Zeitlehre entnommenen Wahrheiten werden wir den Lehrsatz von den drei Dimensionen des Raumes so objectiv, wie die Folge aus ihrem Grunde, ableiten können, sobald wir nur noch den Begriff des Raumes selbst in seine Bestandtheile aufgelöst haben. Von diesem gegenwärtig.

1. Ähnlich wie von der Zeit ist auch vom Raume einzusehen, dass er fürs Erste keine Substanz sei. Keine abhängige oder bedingte, denn diese versetzen wir selbst in den Raum; wir lassen sie ferner die eine auf die andere einwirken, während doch Niemand sagen wird, dass Ein Theil des Raumes auf den andern einwirke, d. h. Veränderungen in ihm hervorbringe! Auch nicht die unabhängige Substanz der Gottheit ist der Raum; denn er für sich allein wirkt ja gar nichts, geschweige denn, dass er die Ursache von dem Vorhandensein aller abhängigen Substanzen wäre.

2. Der Raum ist auch keine eigentliche Beschaffenheit der Dinge, welche sich in ihm befinden. Denn Jedermann gesteht, dass ein Ding keine Änderung in seinen Beschaffenheiten erfahre, wenn sich nichts Anderes als nur der Ort, in dem es sich befindet, ändert.

3. Der Raum ist also auch kein Verhältniss (§. 2. N°. 3), sondern diejenigen Verhältnisse, welche man räumliche zu nennen pflegt, und mit dem Raume selbst zuweilen verwechselt, sind nur Verhältnisse zwischen verschiedenen Orten. So sind z. B. Rechts und Links offenbar nur Verhältnisse zwischen den Orten, welche gewisse Theile unseres Leibes einnehmen können; Oben und Unten Verhältnisse nur zwischen den Orten, welche die Erde und die auf oder ausser ihr befindlichen und von ihr angezogenen Körper einnehmen, u. s. w.

4. Der Raum ist endlich auch keine blosse Vorstellung. Keine subjective oder gedachte, weil er sonst etwas wäre, das anfangen und aufhören kann. Auch keine objective; denn wie ungereimt wäre es zu sagen, dass eine objective Vorstellung drei Dimensionen habe, sich theilen lasse in das Unendliche, dass man aus Einer Vorstellung, nämlich derjenigen, welche ein Punct ist, ein Loth fällen könne auf eine andere Vorstellung, nämlich auf diejenige, die eine gerade Linie ist, u. s. w.

5. Der Raum, oder vielmehr der Ort, den ein Ding einnimmt, ist eine an demselben befindliche Bestimmung (§. 3, N°. 5); es befinden sich aber bloss Substanzen, und zwar abhängige (bedingte, endliche) im Raume, und jede einzelne behauptet in jedem einzelnen Augenblicke nur einen einzigen einfachen Ort, einen dergleichen wir auch einen Punct zu nennen pflegen.

6. Wenn wir nun nachdenken, welche an den geschaffenen Substanzen haftende Bestimmung es eigentlich sei, die zu erfahren wir verlangen, indem wir nach ihren Orten

fragen: so kann es uns fast nicht entgehen, es sei diejenige, die den Grund angibt, warum jene Substanzen bei den Kräften und sämmtlichen übrigen Beschaffenheiten, welche sie haben, innerhalb einer gegebenen Zeitdauer gerade diese und keine andere Veränderungen in einander bewirken. Die besonderen Orte, welche so eben ich selbst, diess vor mir liegende Papier, jene an meiner linken Hand stehende Lampe, die hinter mir sich befindende Wanduhr einnehmen u. s. w., erklären, aus welchem Grunde die Lampe das Papier in der Art beleuchtet, dass ich darauf zu schreiben vermag, während die Wanduhr von mir zwar nicht gesehen, aber doch gehört wird, u. s. w.

7. Unstreitig ist die hier besprochene Eigenschaft eine dem Raume ausschliesslich zukommende, ja wir werden uns, je öfterer wir uns prüfen, um so vollkommener überzeugen, dass sie allein es sei, woran wir denken, wenn wir die Orte der Dinge erfahren wollen. Ich stelle es somit als eine Erklärung auf: Die Orte der abhängigen Substanzen sind diejenigen Bestimmungen derselben, in denen der Grund liegt, dass sie bei ihren Beschaffenheiten gerade diese und keine anderen Veränderungen, die Eine in der andern, innerhalb einer gegebenen Zeitlänge bewirken. Dasjenige Ganze endlich, in welchem Alles, was ein Ort sein kann, für irgend eine abhängige Substanz, als Theil enthalten ist, nenne ich Raum überhaupt, oder den ganzen Raum.

§. 5.

Diese Erklärung von dem Begriffe des Raumes lässt uns sogleich erkennen, dass die Beschaffenheiten desselben von jenen der Zeit abhangen. Soll uns jedoch vollkommen klar werden, in welcher Weise das geschehe, so müssen wir uns erst noch mit folgenden der Metaphysik entlehnten Wahrheiten vertraut machen.

1. Wir sagen, dass ein Gegenstand N durch den Begriff $\mathfrak{B}$ des Verhältnisses, in welchem er zu einem andern M steht, entweder nur theilweise oder auch ganz bestimmt werde, wenn es irgend eine reine Begriffswahrheit gibt, vermittelst deren als eines Obersatzes sich entweder nur einige oder auch alle Beschaffenheiten und Bestimmungen des N aus denen des M ableiten lassen. Sage ich ohne Beisatz, dass ein Gegenstand N durch einen andern M bestimmt werde, so verstehe ich immer eine vollständige Bestimmung.

2. Der erwähnte Obersatz muss also ein Satz von der Form sein: Wenn ein gewisser Gegenstand (M) die Beschaffenheiten und Bestimmungen $m, m', m'', \ldots$ hat, so muss ein anderer (N), der zu ihm in dem Verhältnisse $\mathfrak{B}$ steht, die Beschaffenheiten und Bestimmungen $n, n', n'', \ldots$ haben.

3. Wenn N durch M vollständig (d. h. in allen seinen Beschaffenheiten und Bestimmungen) bestimmt wird, so gibt es zu einem einzigen M auch nur ein einziges N, das in dem angegebenen Begriffsverhältnisse $\mathfrak{B}$ zu demselben steht. Denn gäbe es zwei, so müssten sie durchaus die nämlichen Beschaffenheiten und Bestimmungen haben, was (nach dem Leibnitzischen Grundsatze von der Einerleiheit des Nichtzuunterscheidenden) ungereimt ist; denn soll der Gegenstand N' ein anderer sein als N'', so muss es für

jeden aus ihnen auch eine eigene ausschliesslich ihn nur darstellende Vorstellung geben, und dieses schon ist ein Unterschied zwischen ihnen.

4. Welche Beschaffenheiten oder Bestimmungen an N durch blosse Begriffe vorgestellt werden können, diese müssen sich aus Beschaffenheiten oder Bestimmungen an M, die gleichfalls durch blosse Begriffe vorgestellt werden, ableiten lassen; denn in diesem Falle muss es einen Obersatz von folgender Form geben: Wenn der Gegenstand M die Beschaffenheiten oder Bestimmungen $m, m', m'', \ldots$ hat, so muss der Gegenstand N die Beschaffenheiten oder Bestimmungen $n, n', n'', \ldots$ besitzen, worin die Buchstaben $M, N, m, m', m'', \ldots, n, n', n'', \ldots$ blosse Begriffe bezeichnen. Denn nur wenn es einen solchen Obersatz gibt, lässt sich nach N°. 1 behaupten, dass der Gegenstand M durch sein Verhältniss zu N den Gegenstand N bestimme.

5. Wenn es dagegen an N selbst gewisse Beschaffenheiten oder Bestimmungen gibt, die sich durch keine Begriffe (ausschliesslich) vorstellen lassen *): so muss es auch an M gewisse durch keine Begriffe erfassbare Beschaffenheiten oder Bestimmungen geben, deren Voraussetzung uns jene an N befindliche Unbestimmtheit erklärt. Denn wenn wir uns mehrere N, z. B. N' und N'' denken, die bloss in einem durch keine Begriffe erfassbaren Umstande, der in dem einen v' in dem andern v'' heissen mag, sich unterscheiden: so muss es zur Erklärung dieses Unterschiedes auch in den ihnen zugehörigen M' und M'' eine Verschiedenheit geben, welche sich uns gleichfalls durch keine Begriffe kund gibt. Denn würden sich M' und M'' in gar keiner Weise unterscheiden, so könnten sich (nach N°. 1) auch N' und N'' in gar keiner Weise unterscheiden. Würden sich aber M' und M'' in einem Umstande unterscheiden, der durch ein paar reine Begriffe m' und m'' vorgestellt werden könnte: so müssten sich nach N°. 3 auch N' und N'' im Begriffe unterscheiden.

6. Wenn endlich der Gegenstand M, der den N vollständig bestimmt, seinem Begriffe nach durchaus nichts anderes ist und sein soll, als irgend ein Etwas, das uns das Dasein von N und dessen sämmtliche Beschaffenheiten und Bestimmungen erklärt: so dürfen wir der durch keinen Begriff erfassbaren Eigenheiten, oder, wie sich das auch ausdrücken lässt, der Unbestimmtheiten an M nie mehre annehmen, als nach dem N°. 5 Gesagten nothwendig sind, um die an N vorfindlichen Unbestimmtheiten zu erklären. Denn ein Mehres wäre offenbar überflüssig, weil wir uns niemal genöthigt fänden, uns auf dergleichen Unbestimmtheiten zur Erklärung der an N wahrgenommenen Beschaffenheiten oder Bestimmungen zu berufen.

§. 6.

Wir können nun ungehindert folgende Wahrheit, welche dem Lehrsatze von den drei Dimensionen des Raumes gleichgilt, auf eine objective Art begründen.

*) Wenn man von irgend Etwas sagt, es sei durch keinen Begriff erfassbar oder vorstellbar, so versteht man darunter immer nur, es gebe keinen Begriff, der dasselbe ausschliesslich vorstellt, d. h. es zu seinem einzigen Gegenstande hat; denn einen Begriff, der es gemeinschaftlich mit andern Dingen vorstellt, gibt es freilich für jedes beliebige Etwas.

Es gibt Systeme von vier Puncten, in welchen keiner wie nicht an sich,
so auch nicht durch sein Verhältniss zu den drei übrigen, so fern es durch
einen reinen Begriff aufgefasst werden soll, bestimmt wird. Ist aber ein
solches System von vier Puncten gegeben, so lässt sich ein jeder andere
Punct und jeder Inbegriff von Puncten (jegliches Raumding also) durch blosse
Begriffe, die dessen Verhältniss zu jenen vier Puncten ausdrücken, bestimmen.

Beweis.

1. Nach §. 4 sind die Orte der Dinge diejenigen Bestimmungen an denselben, in
denen der Grund liegt, dass sie bei ihren Beschaffenheiten gerade diese Veränderungen innerhalb einer gegebenen Zeit gegenseitig hervorbringen. Sind also die Orte, in welchen sich
gewisse auf einander einwirkende Substanzen so eben befinden, bestimmt: so ist hiedurch
auch bestimmt und vollkommen bestimmt, welche Veränderungen sie innerhalb einer bestimmten
Zeitlänge nach ihren Kräften und gesammten übrigen Beschaffenheiten hervorbringen müssen;
ja wir haben von dem, was jene Orte sind, gar keine andere Vorstellung, als nur eben die,
dass sie dasjenige sind, was die besagten Veränderungen in jenen Zeiten vermittelst der gegebenen Kräfte bewirkt. Die Orte, in denen die auf einander wirkenden Dinge von gegebener
Beschaffenheit sich befinden, einerseits, und die Veränderungen, die diese Dinge in
gegebener Zeitlänge erfahren, andererseits — sind also ein Paar Gegenstände, die zu einander in demselben Verhältnisse stehen, wie die in §. 5 besprochenen M und N. Wir müssen
daher so viele, aber auch nur so viele in den möglichen Orten der Dinge, d. h. im Raume
überhaupt, Statt findende Eigenheiten, die sich durch keine Begriffe bestimmen lassen, voraussetzen, als die auch in der Zeit Statt findenden Eigenheiten, die sich durch keine Begriffe
bestimmen lassen, erheischen.

2. Um zu erkennen, wie viele und welche nicht durch Begriffe zu bestimmende Eigenheiten im Raume zu diesem Zwecke vorausgesetzt werden müssen, wird es am dienlichsten
sein, von einer möglichst einfachen Begebenheit in der Zeit auszugehen, wenn es nur eine
solche ist, darin alle in der Zeit obwaltende Unbestimmtheiten vorkommen. Denn jeder
Umstand, den wir noch überdiess aufnehmen, würde die Untersuchung ohne Noth nur verwickelter machen. Eben so müssen auch die räumlichen Verhältnisse, die wir bei jener Begebenheit zu Grunde legen, so einfach als möglich angenommen werden, sind sie nur doch
so zusammengesetzt, dass wir der Unbestimmtheiten darin so viele unterscheiden können, als
gemäss allen in der Zeit möglichen Unbestimmtheiten erforderlich sind. Was mehr ist,
würde die Betrachtung abermal nur verwickelter machen.

3. Der erste und einfachste Fall, bei welchem eine Unbestimmtheit in der Zeit ein-
tritt, ist bekanntlich schon da, wenn wir nur einen einzigen, einfachen Zeittheil, d. h. einen
blossen Augenblick, annehmen. In einem solchen kann aber noch keine Veränderung
vor sich gehen, sondern es können nur Ursachen vorhanden sein, die, wenn sie fortdauern,
innerhalb einer bestimmten Zeitlänge erst eine bestimmte Veränderung bewirken. Allein der
einfachste zu dem Vorhandensein einer solchen Ursache gehörige Fall erfordert schon das

Dasein mindestens zweier einfacher Substanzen. Denn zwei ist die kleinste Zahl von Substanzen, welche in dem Verhältnisse einer gegenseitigen Einwirkung auf einander befindlich sein können. Zu diesen gehören denn auch zwei einfache Orte oder Puncte. Wie also nach §. 3. N°. 1. kein einzelner Augenblick durch diejenigen seiner innern Beschaffenheiten, welche durch blosse Begriffe erfassbar sind, bestimmt wird: so darf nach §. 5 N°. 5 auch kein System zweier Puncte (um so weniger also ein einzelner Punct) durch diejenigen seiner inneren Beschaffenheiten, welche durch blosse Begriffe erfassbar sind, bestimmt werden.

4. Das Nächste ist nun, dass wir nebst dem bisher betrachteten Einen Augenblicke t noch irgend einen andern θ (gleichviel ob er ein früherer oder ein späterer sei) annehmen und voraussetzen, dass in diesem ein Zustand obwalte, der sich von dem in t vorhandenen unterscheide. Dann muss nothwendig auch entweder in den Beschaffenheiten der beiden Substanzen oder in ihren Orten eine Veränderung vor sich gegangen sein, oder es muss irgend eine dritte Substanz mit ihrer Einwirkung hinzugetreten sein. Und wenn uns der angenommene Fall eine Gelegenheit darbieten soll, auf die Beschaffenheiten des Raumes zu schliessen: so müssen wir voraussetzen dürfen, dass in den räumlichen Verhältnissen etwas geändert worden sei. Das Geringste ist nun, dass wir statt zweier Puncte jetzt drei zu betrachten haben; wie etwa, wenn die eine der beiden Substanzen in dem einen Augenblicke an einem andern Orte als in dem andern sich befände. Da sich jedoch in dem Verhältnisse der beiden Augenblicke t und θ eine Entfernung befindet, welche sich nach §. 3 N°. 2 durch keinen blossen Begriff ihrer innern Beschaffenheit nach unterscheiden lässt, in dieser Beziehung also unbestimmt bleibt: so müssen wir nach §. 5 N°. 5 annehmen, dass es Systeme von drei Puncten geben könne, die sich durch keinen blossen Begriff, sofern wir nur ihre inneren Beschaffenheiten allein berücksichtigen wollen, völlig bestimmen lassen.

5. Allein noch nicht genug! Aus §. 3 N°. 3 wissen wir, dass es an einem Systeme zweier Augenblicke nebst ihrer Entfernung von einander noch eine dritte durch keinen bloss von den inneren Beschaffenheiten dieses Systemes hergenommenen Begriff zu behebende Unbestimmtheit gebe, bestehend darin, welcher von beiden Augenblicken der frühere oder spätere sei. Nach §. 5 N°. 5 muss es also nebst den bisher gefundenen noch eine fernere Unbestimmtheit auch im Raume geben. Das Geringste, was wir annehmen können, ist offenbar nur, dass zu den drei Puncten, die wir so eben betrachteten, noch irgend ein vierter hinzukomme. Es muss also selbst Systeme von vier Puncten geben, in welchen keiner durch seine blossen Verhältnisse zu den drei übrigen, sofern sie durch reine Begriffe aufgefasst werden sollen, bestimmt wird.

6. Wenn aber erst Ein Augenblick t, sodann die zwischen ihm und einem andern θ Statt findende Entfernung, endlich auch noch der Umstand, welcher aus beiden der frühere sei, gegeben ist: so gibt es nach §. 3 N°. 4 in der ganzen Zeit keinen einzigen Augenblick mehr, der sich nicht durch blosse Begriffe (beschreibend sein Verhältniss zu jenen drei gegebenen Stücken) bestimmen liesse. Nach §. 5 N°. 6 dürfen wir also auch im Raume nebst den bisher gefundenen sonst keine weiteren Unbestimmtheiten voraussetzen; wir müssen demnach schliessen, dass sich aus einem Systeme von vier Puncten, die so gelegen sind, dass keiner derselben durch sein Verhältniss zu den drei übrigen, sofern es durch einen reinen

Begriff aufgefasst werden soll, bestimmt wird, jeglicher andere Punct durch blosse Begriffe, die sein Verhältniss zu jenen vier Puncten ausdrücken, bestimmen lasse.

§. 7.

Wird es wohl nöthig sein, mit einigen Worten noch zu zeigen, dass die so eben erwiesene Wahrheit dem Lehrsatze von den drei Dimensionen des Raumes gleichgilt? Unter dem Letztern versteht man eigentlich den Satz, dass es drei, aber auch nicht mehr als drei auf einander senkrechte Richtungen aus Einem Puncte gebe. Nun folgt schon daraus allein, dass es zu jedem Puncte a noch einen zweiten b gibt, es müsse aus jedem Puncte wenigstens Eine Richtung (ab) hervorgehen. Sind aber zwei Puncte a und b gegeben, so lässt sich eine unendliche Menge anderer (welche zusammen genommen die unbegrenzte durch a und b gehende Gerade ausmachen) vermittelst blosser Begriffe bestimmen, namentlich jeder derselben x durch die blosse Angabe des Verhältnisses der Entfernungen ax und bx zu der gegebenen ab, sofern diess Verhältniss nur so geartet ist, dass eine von den drei Entfernungen ab, ax, bx der Summe der beiden übrigen gleicht. Gibt es jedoch zu je zwei Puncten a, b einen dritten c, der durch sein Verhältniss zu jenen beiden, sofern es durch blosse Begriffe aufgefasst werden soll, noch nicht bestimmt wird: so folgt, dass c ausser der Geraden ab liege, dass somit die Richtung ac mit der ab weder einerlei noch ihr entgegengesetzt sei, sondern einen wirklichen Winkel mit ihr bilde; und es ist leicht zu zeigen, dass es auch einen solchen Punct c gebe, für welchen die Richtungen ab und ac auf einander senkrecht stehen. Eben so lässt sich erweisen, es gebe abermal eine unendliche Menge von Puncten, die durch ihr blosses Verhältniss zu jenen dreien a, b, c, sofern dasselbe durch blosse Begriffe aufgefasst werden soll, bestimmt sind; es sind diess nämlich alle diejenigen, deren Inbegriff die unbegrenzte durch a, b, c gehende Ebene bildet. Wofern es aber zu jedem Systeme von drei Puncten a, b, c noch einen vierten d gibt, der durch sein blosses Verhältniss zu jenen, sofern es durch reine Begriffe dargestellt werden soll, noch nicht bestimmt ist: so folgt, dass der Punct d ausserhalb der Ebene abc liege; und es ist nun ein Leichtes zu erweisen, dass es ein Loth aus d auf die Ebene abc und eine diesem Lothe parallel laufende Richtung aus a gebe, die mit den beiden ab und ac ein System dreier auf einander senkrechter Richtungen darbeut. Gibt es endlich, wenn die vier Puncte a, b, c, d die angegebene Beschaffenheit haben, keinen fünften, der nicht durch einen blossen Begriff seines Verhältnisses zu jenen schon bestimmt wäre: so folgt, dass jede andere aus a hervorgehende Richtung, welche auf zweien der nur eben gefundenen senkrecht aufsteht, mit der dritten entweder einerlei oder ihr entgegengesetzt ist; genau dasjenige, was in dem Lehrsatze von den drei Dimensionen des Raumes gemeint ist.

Von demselben Verfasser sind noch erschienen und in der Buchhandlung Kronberger et Rziwnatz in Prag zu haben:

Betrachtungen über einige Gegenstände der Elementargeometrie. 8. Prag, 1804. — 15 kr. C. M.

Beiträge zu einer begründeteren Darstellung der Mathematik. 1. Lieferung. 8. Prag 1810. — 24 kr.

Der binomische Lehrsatz, und als Folgerung aus ihm der polynomische, und die Reihen, die zur Berechnung der Logarithmen und Exponentialgrössen dienen, genauer als bisher bewiesen. gr. 8. Prag, 1816. 1 fl. 12 kr.

Die drei Probleme der Rectification, der Complanation und der Cubirung, ohne Betrachtung des unendlich Kleinen, ohne die Annahmen des Archimedes, und ohne irgend eine nicht streng erweisliche Voraussetzung gelöst; zugleich als Probe einer gänzlichen Umstaltung der Raumwissenschaft. gr. 8. Leipzig, 1817. — 45 kr.

Rein analytischer Beweis des Lehrsatzes, dass zwischen je zwei Werthen, die ein entgegensetztes Resultat gewähren, wenigstens eine reelle Wurzel der Gleichung liege. gr. 8. Prag, 1817. — 15 kr.

Versuch einer objectiven Begründung der Lehre von der Zusammensetzung der Kräfte. 4. Prag, 1842. — 45 kr.